Joe quiere jugar

PEGGY PERRY ANDERSON

— TRADUCIDO POR CARLOS E. CALVO —

Green Light Readers/Colección Luz Verde

Houghton Mifflin Harcourt

Boston   New York

First Green Light Readers Edition 2012

All rights reserved. Originally published in hardcover in the United States by Houghton Mifflin Books for Children,
an imprint of Houghton Mifflin Harcourt Publishing Company, 2007.

For information about permission to reproduce selections from this book,
write to trade.permissions@hmhco.com or to Permissions,
Houghton Mifflin Harcourt Publishing Company,
3 Park Avenue, 19th floor, New York, New York 10016.

Green Light Readers® and its logo are trademarks of HMH Publishers LLC,
registered in the United States and other countries.

www.hmhco.com

The Library of Congress has cataloged the hardcover edition as follows:
Anderson, Peggy Perry.
Joe on the go/Peggy Perry Anderson.
p. cm.
Summary: Joe the frog wants to be on the go, but even at a family reunion, he is
out of luck, as everyone says they are too busy, or he is too fast, too slow, too big,
or too small to go with them, until Grandma invites him to go with her on a special outing.
[1. Family reunions—Fiction. 2. Play—Fiction. 3. Frogs—Fiction. 4. Stories in rhyme.]
I. Title.
PZ8.3.A5484Joc 2007
[E]—dc22

ISBN: 978-0-618-77331-2 hardcover
ISBN: 978-0-547-74563-3 GLR paperback
ISBN: 978-0-544-79033-9 Spanish edition GLR paperback
ISBN: 978-0-544-79142-8 Spanish edition GLR paper over board

Manufactured in China
SCP 10 9 8 7 6 5 4 3 2

4500694734

—¡Vamos! —le dijo Joe a su mamá.

—Lo siento, Joe, estoy ocupada.

—¡Vamos! —dijo Joe.

—De ninguna manera —dijo el papá—.
Hoy es día de reunión familiar.

Entonces llegaron primos, tíos y tías.
Vinieron a visitar, comer y bailar.

—¡Vamos! ¡Vamos! —dijo Joe muy animado.

—¿Cómo? —dijeron los demás—.
Acabamos de llegar.

—¡Vamos! —le dijo Joe a tío Fred,
que quería charlar con Merle.

—¡Vamos! ¡Vamos! —le dijo Joe a tío Drew.

—Estoy cocinando —contestó Drew—.
Pregúntale a tía Lou.

—¡Vamos! —le dijo Joe a tía Lou.

—Cariño, eres demasiado rápido para mí.

—¡Vamos! —le dijo Joe a tío Bull.

—Más tarde, Joe. Todavía no terminé de comer.

—Quédense quietos —dijo el abuelo, muy orgulloso.

—¡Vamos! —les dijo Joe a los que posaban para la foto.

—¡Vamos! —le dijo Joe a
Sprout, la beba.
Pero vino su madre y
se la llevó.

—¡Vamos! —le dijo Joe a su primo Matt.
—¡Joe, estás muy grande para usar esto!

—Esto es perfecto para tu tamaño.
¡Ve a andar en tu tren grande!

—¡Vamos! —dijo Joe.
Su primo Jeff le contestó:
—¡No!

—Joe, las patinetas no son seguras para ti.
Es mejor que andes en patines.

—Espérenme, por favor —gritó Joe.

Pero los patinadores gritaron:

—Eres demasiado lento.

—¡Vamos! —les gritó Joe a
Pete y Paul.

—No —dijeron ellos—. Eres demasiado pequeño.

—¡Vamos! —le gritó Joe a su primo Trent,
que agarró la bicicleta y se fue muy lejos.

—¡No! —le gritó Joe—. No quise decir eso.

Y se sentó a llorar a gritos.

—Demasiado rápido, demasiado lento, demasiado grande, demasiado pequeño. ¡Nadie quiere ir a ninguna parte conmigo!

—Dale, Joe. ¡Vamos!

—No lo puedo creer —dijo Joe—.
¿Es cierto lo que veo?
Abuela, ¿cuándo llegaste?

Y la abuela le dijo:
— ¡Vamos a la heladería!

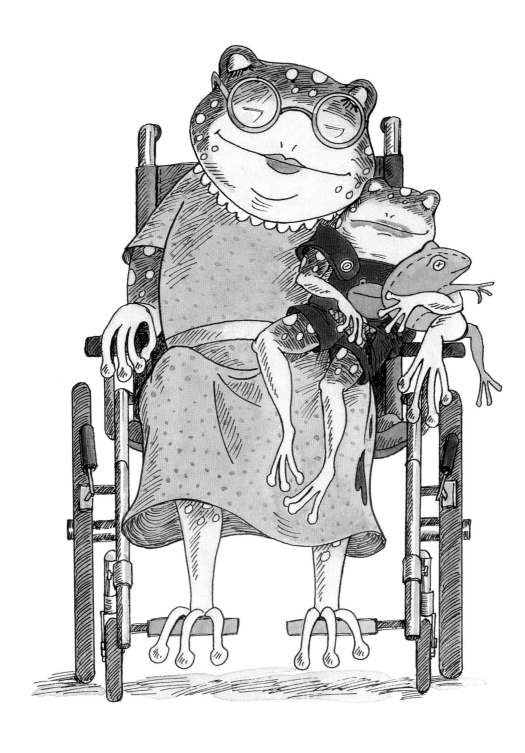

Y se fueron a pasear hasta cansarse.